AF312603

hés l'Art poëtique françois de Pierre de
Loudun D'Aligaliers.

Balzac en parle pertinem.t dans le 4.e de ses der.s
i'atrebieas auec .M. du Mas, p. 88.
.Il est parlé de ce Liure dans la Biblioth. franç
de M. Sorel, p. 138.

ce Liure cy. est, comme Vne p.re partie, de 2. qui
n' en peut auoir.

L'ART POËTIQVE DV Sr COLLETET.

Où il est traitté

DE L'EPIGRAMME.

DV SONNET.

DV POEME BVCOLIQVE, DE L'EGLOGVE, DE LA PASTORALE, ET DE L'IDYLE.

DE LA POESIE MORALE, ET SENTEN-TIEVSE.

Auec vn Discours de l'Eloquence, & de l'Imitation des Anciens.

Vn autre Discours contre la Traduction.

Et la nouuelle Morale du mesme Autheur.

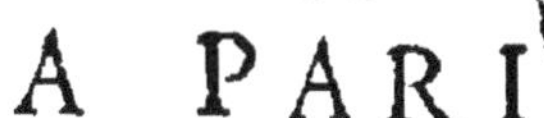

A PARIS

Chez ANTOINE DE SOMMAVILLE, au Palais, sur le second Perron de la sainte Chapelle, à l'Escu de France.

Et LOVIS CHAMHOVDRY, au Palais, vis à vis la sainte Chapelle, à l'Image saint Louis.

M. DC. LVIII.

Auec Priuilege du Roy.

AV LECTEVR.

Dans le dessein qu'a l'Autheur de te presenter tout ce que ses veilles & ses meditations luy ont appris de l'Art Poëtique, reçoy fauorablement ces quatre ou cinq petits Traittez, comme l'eschantillon ou la premiere partie de l'Ouurage. Tu l'obligeras d'autant plus à trauailler au reste, & à te découurir dans ce bel Art de nouueaux secrets qui ne seront peut-estre pas indignes de tes soins & de ta curiosité.

TRAITTE
DE
L'EPIGRAMME.

Par le Sr COLLETET.

SECONDE EDITION.

Reueuë par l'Autheur.

A PARIS,

Chez ANTOINE DE SOMMAVILLE, au Palais,
sur le second Perron de la sainte Chapelle,
à l'Escu de France.
Et LOVIS CHAMHOVDRY, au Palais, vis à vis
la sainte Chapelle, à l'Image saint Louis.

M. DC. LVIII.

Auec Priuilege du Roy.

A MONSEIGNEVR
L'EMINENTISSIME
CARDINAL
MAZARIN.

MONSEIGNEVR,

Quelques soins que i'aye apportez à former
ce petit Ouurage, & quelques recherches que
i'aye faites pour donner à nostre Langue des matieres qu'elle n'auoit point encore ny veuës, ny
traittées ; si est-ce que dans la liberté que ie prens
de le presenter à Vostre Eminence, ie sens d'abord
que le respect m'arreste, & que mon entreprise
m'estonne. Ie sçay que les grands emplois de
vostre haut Ministere demandent des entretiens
conuenables à leur Grandeur ; & que comme
Socrate, dont la vertu estoit bien au dessus de
toutes les loüanges, parlant d'vn Eloge fait en sa

ã iij

EPISTRE.

faueur, il est beau, disoit il, mais il n'est pas
beau pour Socrate ; Ainsi que ce qui sembleroit
beau de soy-mesme, ou qui peut-estre encore seroit
beau pour vn autre, pourroit bien ne l'estre pas
pour le grand Cardinal Mazarin. Mais, MON-
SEIGNEVR, qu'est ce que nos Muses, pour
eloquentes qu'elles soient, peuuent produire qui
soit digne de vostre attention ? Vos grandes actions sont bien au delà de nos paroles, & de nos
pensées ; & la force de vostre Esprit execute
plus facilement les choses importantes, que les
plus habiles Politiques du Monde ne les sçau-
roient conceuoir. L'Auguste Nom du grand
Monarque que vous seruez, sa Presence formi-
dable à la teste de ses Legions, le courage intré-
pide de ses Generaux d'Armées, & de tous ses
autres Chefs, sont veritablement les puissans &
visibles Genies qui estendent nos limites & nos
frontieres. Mais, MONSEIGNEVR, vous l'o-
serois-je dire ? il semble qu'il manqueroit quelque chose au bonheur de cet Estat, & à la reputation de nos Armes, si nos Armes agissoient sans
vos sages Conseils. Et ce fut dans cette pensée,
qu'aprés les heureux succés de cette derniere Campagne qui a confondu nos Ennemis, surpris nos
Alliez, & rendu la France si triomphante ; ie
veux dire qu'apres auoir veu planter nos Lys sur
les Tours de Montmedy, de Bourbourg, & de

EPISTRE.

Mardie, ie composay ce petit Madrigal, que ie n'insere icy que comme vne simple feüille des diuerses Couronnes de Laurier dont i'ay tant de fois enuironné vos temples glorieuses.

> *Point de Rocher inaccessible;*
> *Pour mon Prince rien d'impossible,*
> *Puis que le Ciel combat pour luy.*
> *Mais faut-il qu'on le dissimule?*
> *Tous ces heureux succés nous font voir aujourd'huy*
> *Qu'auec beaucoup de Mars, il faut vn peu de IVLE.*

Oüy, MONSEIGNEVR, comme le Sel & le Mercure se meslent insensiblement dans toutes les compositions des Alchymistes, nous n'auons point depuis long-temps fait de conquestes, ny remporté de victoires, que vostre sage Préuoyance ne s'en soit meslée, & n'en ait rendu les suites glorieuses. Comme le Pere du grand Alexandre, qui n'estoit pas du tout si vaillant que le Fils, mais qui n'auoit pas l'Esprit moins éclairé, s'aduisa d'offrir autresfois aux Athéniens la Ville d'Amphipolis, pour auoir Demosthene, qu'il estimoit luy seul plus que vingt mille hommes, n'ignorant pas que l'Esprit d'vn seul Homme vaut quelquefois tout l'Esprit, & toute la force d'vn Estat;

> *Vn Homme seul nous a rétably Rome.*

Ainsi nos Augustes Souuerains, de qui les yeux & les pensées veillent continuellement au bien de cet Empire, crûrent auecque raison que

EPISTRE.

pour étouffer nos diuisions, de qui les faux pre-
textes nous alloient precipiter dans d'estranges
abysmes de malheur, vostre heureuse presence
pourroit estre à cette Monarchie, ce qu'à l'Empire
Romain fut ce fatal Ancile, qui tomba mira-
culeusement du Ciel pour son repos & pour sa
gloire. Et en effet, dés que vous nous apparustes
comme l'Ange Tutelaire de la France, tous nos
troubles domestiques cesserent incontinent, tous
les cœurs diuisez se reünirent, & tous ces Esprits
turbulens qui cherchoient l'Année climaterique
de l'eternelle Fleur de Lys, se virent tellement
dècheus de leur esperance, que leur confusion &
leur honte ne parurent pas moins que leur orgueil
& leur ambition. Mais ce qui acheua de les
confondre, ils virent tout à coup les yeux des Peuples dessillez, & la Fortune mesme arracher son
bandeau tenebreux, pour considerer de plus pres
le vif éclat de vostre vertu. S'il est vray qu'en
Sicile, comme l'a dit vn ancien Poëte Grec, coule
vne Fontaine dont l'eau a vne vertu si puissante,
que celuy qui en boit ne manque iamais de crois-
tre, & de surpasser tous-les autres en grandeur;
Il n'est pas, MONSEIGNEVR, que les Muses
qui vous ont êleué dès vos jeunes années, ne vous
ayent abreuuê de cette liqueur celeste qui depuis
a mis vostre vertu dans la plus haute êleuation
du monde. Mais comme ces reflexions tiennent

EPISTRE.

vn peu plus du Panegyrique, que d'vne simple
Lettre, ie n'exageray point icy dauantage toutes
ces hautes connoissances que vous auez pour le
Gouuernement des Estats ; ie me contenteray seulement de dire que vostre Esprit agissant fait tous
les jours êclater tant de brillans dans les Sciences
solides, & dans les beaux Arts, qu'en presen-
tant à Vostre Eminence ce petit Traittê de l'E-
pigramme, ie preuoy dêja que vous serez le juste
Censeur, ou plustost le veritable Arbitre de tous
les fameux dêmeslez que tant d'Autheurs clas-
siques ont eûs sur cette agreable matiere. Et pour
authoriser d'autant plus cette belle verité, que ne
m'est-il permis de souhaiter icy la possession de ie
ne sçay quoy de grand, & de rare? Ie parle de ces
gentils Madrigaux, & de ces Epigrammes in-
genieuses, dont vous auez non seulement enrichy
vostre Langue maternelle, mais encore cette Langue qui s'est tousiours vantêe d'estre la Maistresse
des autres, & le veritable partage des Sçauans.
Ce seroit asseurément dans vne source si claire
que i'irois puiser de precieux exemples. Ce seroit
de ce parfait modele que ie pourrois tirer des regles
certaines que nostre siecle, & tous les siecles ad-
uenir, receuroient sur le Parnasse comme autant
de maximes infaillibles pour l'artiste cõposition de
ce petit Poëme. Pardonnez, MONSEIGNEVR,
au zele qui m'emporte pour vostre gloire. Et

EPISTRE.

pour descendre du Ciel en Terre, de vos puissantes clartez à mes foibles ombres, souffrez que ie die à Vostre Eminence, que comme l'Aigle n'expose iamais ses petits Aiglons aux rayons du Soleil, qu'il ne les ait premierement accoustumez à de plus foibles lumieres, i'ay voulu essayer si ce petit Ouurage auroit assez de force pour supporter la splendeur des Esprits êclairez, auant que de l'offrir à vostre source de lumiere. Et comme mon bonheur a voulu qu'ils ont receu auec applaudissement sa premiere edition, ne condamnez point ie vous supplie la hardiesse que ie prens de vous en offrir la seconde. Mais quoy qu'il ait eû la grace de leur plaire, ie suis tout à fait persuadè que sa gloire ne sçauroit estre qu'imparfaite, si vous ne luy faites l'honneur de le regarder de ces yeux penetrans & fauorables dont vous regardez toutes les choses qui vous plaisent. Et puis, MONSEIGNEVR, c'est la production de l'Esprit d'vn Homme qui s'est depuis si long-temps dèuoüé au seruice de Vostre Eminence, & que depuis tant d'années vous auez eû la bonté d'honorer de vos bienfaits, & de vostre protection glorieuse. Ie suis,

MONSEIGNEVR,

De Vostre Eminence,

Le 5. Ianvier   Le trés-humble & trés-
1658,   obeïssant seruiteur,
                                    G. COLLETET.

A MONSEIGNEVR
l'Eminentissime
CARDINAL MAZARIN.
Sur la prise de Montmedy.

SONNET.

CE Rocher dont l'orgueil estoit insuportable,
 Malgré ses Bastions, & malgré son Party,
Succombe à nos efforts, nous est assujetty;
Et ce qui domptoit tout, cesse d'estre indomptable.

Quand Iupiter lançoit son Foudre redoutable,
S'il n'est point de Geant qui s'en soit garenty;
Quel Peuple reuolté, quel Mutin n'a senty
Du Foudre de Loüis le trait ineuitable?

O Iule, ô d'vn grand Roy Ministre sans pareil,
Si tu suiuis ses pas, il suiuit ton Conseil,
Quand ce Mont éprouua sa valeur sans seconde.

Aussi les Doctes Sœurs qui m'échauffent le sein,
Chátent qu'on n'a rien veu de si puissant au Monde,
Que les coups de ta Teste, & les coups de sa Main.

1657.   G. COLLETET.

A MONSEIGNEVR l'Eminentiſſime CARDINAL MAZARIN.

MADRIGAL.

Aprés,que dans le Milanois,
Et prés des Campagnes d'Artois,
Nous auons pris Valence, & repris la Capelle;
Iules, de qui i'adore & l'Eſprit, & le Zele,
Paris ce ſecond Vniuers
Qui te reçoit à bras ouuers,
Celebre auec plaiſir ton Triomphe & ta Gloire.
O que tes grands Conſeils n'agiſſent pas en vain!
Tu reuiens couronné des mains de la Victoire,
Te peut-on couronner d'vne plus belle Main?

1656.   Mademoiſelle COLLETET.

Table des principales Matieres contenuës dans ce Discours de l'Epigramme.

PEtit Aduis, page 1. ou 5.
Préface, p. 1. ou 5.
Origine de l'Epigramme, & son pre-
    mier vsage, sect. 1.   p. 8
Définition de l'Epigramme. 2.   15
Estenduë de l'Epigramme chez les
    Grecs. 3.   16
Estenduë de l'Epigramme chez les
    Latins. 4.   20
Estenduë de l'Epigramme chez les
    François. 5.   22
Vastes Epigrammes des Autheurs
    anciens & modernes, 6.   25
Premier autheur du nom de l'Epi-
    gramme Françoise.   30
Les bonnes Epigrammes réseruées
    à nostre siecle, selon le sentiment

A

mefme de Ronfard, & de Mar-
rulle.   31

Véritable caractere de l'Epigramme,
7.   32

Ignorance de quelques Poëtes modernes. 8.   34

Du Madrigal des Italiens, & des
Efpagnols.   36

Diuifion de l'Epigramme, & diuers
exemples pour fa compofition. 9.37

Autre diuifion de l'Epigramme. 10.42

Matiere de l'Epigramme, & quels
Vers elle reçoit. 11.   43

Si l'on peut dans l'Epigramme faire
parler des Dieux, & des Déeffes. 44

Fameufe conteftation fur le fujet de
l'Epigramme. 12.   46

Vertus de l'Epigramme. 13.   47

Autres vertus de l'Epigramme.   48

De la fubtilité de l'Epigramme. 14. 49

Infolence de l'Aretin réprimée par
vn autre Autheur.   53

Effets d'vne Epigramme ingénieufe. 54

De la pointe de l'Epigramme. 15. ibid

Des Epigrammes de Catulle, & de
Martial. 16.   57

Table.

Diuers iugemens des Epigrammes
de Catulle, & de Martial. 17.   59

Comme on peut difcerner vne bonne
Epigramme d'auec vne mauuaife. 68

De la modération néceffaire au Poëte
Epigrammatique. 18.   69

Comment les honneftes gens doiuent viure auecque les Poëtes Satyriques & Epigrammatiques de
leur fiecle, pour conferuer la reputation. 19.   71

Le Poëte Epigrammatique doit en
efcriuant obferuer la bienfeance &
l'honnefteté. 20.   74

Epigrammes recompenfées. 21. 78.

BIBLIOTHÈQUE IMPÉRIALE IMPR

A ij

DISCOVRS DE L'EPIGRAMME.

Petit Aduis

Le Lecteur sera aduerty que ce Discours de l'Epigramme est à l'entrée du Liure des Epigrammes Françoises de l'Autheur. Ce qui peut éclaircir la Préface suiuante.

PREFACE.

I'Estois sur le poinct de publier ce nouueau Recueil de mes Epigrammes auec vne simple Préface; mais comme i'ay autresfois dressé quelques petits Traistez de l'Art Poëtique François, pour l'instructiō de François Colletet mon Fils; &

A iij

qu'entre les autres, i'en ay composé
vn de l'origine de l'Epigramme, &
de son vsage vieux & moderne, i'ay
iugé à propos de l'inserer icy, comme
vn ouurage aucunement vtile à ceux
qui ne sont pas beaucoup aduancez
dans les sacrez mysteres de nostre
Poësie Françoise; & peut-estre su-
portable encore aux Intelligens, puis
qu'ils y peuuent rencontrer des ob-
seruations & des connoissances que
ie dois à l'exacte & frequente lecture
de nos anciens Poëtes. Ainsi ie pou-
ray instruire les foibles, & confirmer
les forts, dans la gaye & agreable
Science de l'Epigramme. Voicy donc
le petit eschantillon d'vn noble trauail que la fureur de nos guerres ci-
uiles, & le penible transport de mes
papiers & de mes Liures, du Faux-
bourg dans la Ville, m'ont fait malgré moy tant de fois abandonner.
Malheureux effet des troubles intes-
tins de ce Royaume, qui ne m'est
guere moins sensible que la perte ir-
reparable de tous mes biens de la

campagne, expofez comme tant d'autres, aux furieux débordemens de
tant de Monſtres armez, que l'Enfer
a vomis pour la defolation de la Fortune publique & particuliere ! Temps
malheureux encore, auquel ie n'ay
pû ioüir de la douce liberté de mon
eſprit, ny vacquer à mes eſtudes ordinaires. Ie ne doute point que quelques vns ne trouuent eſtrange de me
voir mettre au rang de nos malheurs,
la fuſpenſion de mes eſtudes, & la
confuſion de mes Liures. Mais ie
veux bien qu'ils ſçachent que c'eſt
veritablement peu de chofe à l'égard
des barbares ennemis des Muſes, des
Eſprits ignorans ou mercenaires, des
laſches & malheureux eſclaues de
l'auarice & de l'ambition, qui dépen-
dent touſjours de la volonté d'autruy;
& non pas à moy, qui ay touſjours
fait gloire de ſuiure la Vertu ſans in-
tereſt; & mefme qui dans les ſeruices
que par mes diuers Eſcrits i'ay rendus à nos Roys, & à leurs grands Mi-
niſtres, ay touſjours conſerué cette

honneſte franchiſe qui ſied ſi bien aux belles Ames, & à tous ceux qui font profeſſion des belles Lettres. Dieu veüille qu'vne bonne Paix rétabliſſe bien-toſt parmy nous, ce qu'vne déteſtable guerre a ſi miſerablement deſtruit; & qu'apreś les ſanglans deſordres de cet Eſtat, & ce bruit horrible des canons, nous puiſſions bien-toſt reuoir vn heureux calme dans nos Prouinces. & oüir en repos les doux & paiſibles Concerts d'Apollon, des Muſes, & des Graces.

le 21.

Sect.1. Origine de l'Epigrāme, & ſon premier vſage.

1. De tous nos genres de Poëmes, on peut dire que l'Epigramme en eſt vn des plus connus, & des plus celebres. Son origine deuroit eſtre auſſi ancienne que les premiers hommes, puis qu'ils ont fait de bonnes & de mauuaiſes actions, & qu'apparemment il s'eſt rencontré des Intelligens qui ſe ſont aduiſez de loüer les vnes, & de condamner les autres. Ce qu'ils ont pû faire, ou par vn eloge ſuccinct, ou par vn apophthegme memorable, ou par vn ſeul & propre epithete.

Cependant ie trouue que depuis le monde créé, il s'eſt paſſé pluſieurs ſiecles auparauant que l'on ait employé le nom de l'Epigramme, ny connu ſon application meſme.

D'abord, l'Epigramme ne paſſa que pour la nuë & ſimple inſcription, ou ſuſcription, dont on décoroit les images des Dieux, & les colomnes des Temples; les ſepulchres des Heros, & les frontiſpices des Palais; les trophées d'armes, les boucliers, les navires, & ainſi des autres choſes ſemblables. Ce qui ſe faiſoit ordinairement auec vn ſeul mot, & quelquefois auec deux, ou vn peu d'auantage. Ainſi Pauſanias remarque, que dans ce lieu fameux où l'on celebroit les Ieux Circenſes, il y auoit vn Autel dedié à Iupiter ſous le nom de Mœragete, ou de Seigneur, & de Conducteur des Parques. Ainſi, au rapport de Ciceron dans ſes Verrines, la ſtatuë de Verres eſtoit embellie de ce mot honorable, *ſotèr*, Sauueur. Ainſi le bouclier de Demoſthene estoit consacré à la bonne Fortune sous ce mot, *Agati tiki*. Ainsi, selon Strabon, l'inscription du tombeau de Cyrus, qui n'estoit autre chose que son Epitaphe, estoit conceuë en ces termes.

Audi viator, Ego sum Cyrus Asiæ Rex, qui Persis Imperium peperi ; ne itaque mihi sepulchrum inuidèris. Escoûte passant, Ie suis le Roy Cyrus, qui ay donné aux Perses l'Empire de l'Asie ; ne m'enuie donc pas vne simple sepulture.

Mais comme le style Attique ou Concis, a toußours eu ses partisans, aussi bien que le style Asiatique, ou estendu ; les Poëtes sçauans & éclairez, pour épargner le temps, pour soûlager la memoire des Lecteurs, & dire beaucoup en peu de mots, se sont aduisez d'emprunter des Historiens & des Orateurs ces sortes d'inscriptions, & de mouler sur elles vne certaine espece de Poësie succincte, qu'ils ont appellée Epigramme ; qui n'est aprés tout qu'vne veritable inscription vn peu plus estenduë que la premiere. De forte que, comme les chofes changent d'ordinaire auecque le temps, & prenent vn nouueau vifage, ils les ont tirées de la fimple loüange où elles eftoient prefque toufjours confacrées, & les ont employées tantoft à loüer la vertu, & tantoft à blâmer le vice; maintenant dans les matieres gayes, & tantoft dans les matieres ferieufes; de maniere que l'Epigramme a eū depuis pour objet tout ce qui peut tomber fous nos fens, & ce qui eft mefme au delà de nos fens; puis que l'on y introduit des Eftres inuifibles, lorsque l'on y fait quelquesfois parler les Dieux & les Déeffes, les Genies des Villes, les bons & les mauuais Anges, les Vertus Intellectuelles, Morales, & Chreftiennes. Et de tout cela nos Poëtes anciens & modernes, tant Grecs que Latins, tant Italiens que François, tant facrez que prophanes, nous fourniffent affez d'illuftres exemples dans leurs œuures. Ainfi le fort de l'Epigramme a fecondé presque celuy de l'Elegie, d'autant que, comme dit Horace, l'Elegie qui n'auoit d'abord pour sujet que les soûpirs & les plaintes, les choses tristes & lugubres, a receu depuis les matieres gayes & enioüées. Et ces deux principes, la tristesse & la ioye, enuelopent presque toutes les actions de la vie humaine, dont la viue image nous fut autresfois si naïuement representée par ces deux anciens & bizarres Philosophes, Heraclite, & Democrite ; dont l'vn pleuroit sans cesse de toutes choses, & l'autre en rioit incessamment.

Iul. Scaliger Poet. Matth. Raderus.

L'Epigramme passant donc par vn nouuel vsage, de la statuë & du portique, du bouclier & du trophée, aux Ecrits & aux Liures ; il est arriué que l'Epigramme est deuenuë l'inscription de l'inscription mesme ; ou plustost que la statuë a esté comme l'inscription de l'Epigramme. Mais d'autant que, selon la pensée de Scaliger, qui proteste hautement icy de ne parler qu'aux intelligés, & qu'aux docte, cette matiere eſt vn peu obſcure ; ie tâcheray de l'éclaircir par quelque exemple familier. Repreſentez-vous donc, ô mon cher Lecteur, qu'vn excellent Ouurier en marbre, comme Praxitele, ou Pygmalion ſi vous voulez, a taillé l'image d'Hercule ou de Romulus, chacune auec cette inſcription ſur la baze, ou ſur le front ; *A Hercule, Liberateur du monde*, ou, *A Romulus, Fondateur de la Ville* ; qu'vn Poëte excellent, & amoureux de la vénerable antiquité, a compoſé vne ou deux Epigrammes ſur les ſtatuës de ces deux Heros, & qu'il les a inſerées dans le corps de ſes Poëſies auecque ces inſcriptions, ou ces titres ; *ſur la ſtatuë d'Hercule, ſur la ſtatuë de Romulus*. Qui ne voit alors que chacune de ces deux ſtatuës peut paſſer pour l'inſcription meſme de l'Epigramme, & pour l'image viſible de celle qui ne paroiſſoit pas ; quoy que, comme i'ay dit, l'Epigramme de ſa nature propre, ne ſoit autre choſe qu'vne veritable inſcription.

Mais encore que l'Epigramme ait
toute l'étenduë que ie viens de remarquer, & qu'en ce qu'elle loüe les
Dieux & les Heros, les Deserts & les
Villes, elle ressemble en quelque
sorte au Poëme Epique ; & qu'en ce
qu'elle traitte les choses tristes & fu-
nestes, elle ait quelque rapport auecque l'Elegie & la Tragedie ; & auecque la vieille Comedie mesme, quand
elle est picquante & satyrique, &
ainsi des autres ; si est-ce qu'il est vray
de dire, qu'elle ne fait aucune partie
ny de l'Epopée, ou du Poëme Epique, ny du Poëme Elegiaque, ny du
Dramatique, comme le veut absolu-
ment Robortellus, & comme quelques autres aprés luy se font vaine-
ment imaginez. Au contraire, ie suis
en cela de l'aduis de Iules Scaliger,
de Pontanus, de Raderus, & des plus
éclairez dans cet Art; d'autant que ie
ne considere l'Epigramme que comme vn petit ouurage distinct & separé
des autres, & qui subsiste de soy-mesme, aussi bien que le Sonnet, l'Ode,

l'Elegie, & tous les autres genres de Poëmes.

Aprés auoir parlé de la véritable origine de l'Epigramme & de son premier vsage en général, il me semble à propos de dire ce qu'elle est maintenant en effet, & de la définir selon toutes les regles prescrites par les grands Maistres de la Science dont il s'agit.

2 L'Epigramme de la sorte que nous la pratiquons aujourd'huy, est donc; Tout Poëme succinct, qui dé signe & qui marque naïfuement, ou vne personne, ou vne action, ou vne parole notable; ou qui infere agreablement vne chose surprenante de quelque proposition aduancée, soit extraordinaire, ou commune.

Définition de l'Epigramme.

Ie dy tout Poëme, non pas que toute sorte de Poëme soit Epigramme, ny que toute Epigramme soit toute sorte de Poëme, ce qui seroit ridicule à dire. Mais seulement pour exprimer le mot Latin *quoduis Poëma,* ou plustost pour iustifier en-

core cette verité , que la iurifdiction
de l'Epigramme s'eftend fur toutes
les matieres , & fur toutes les chofes
morales , naturelles , feintes , & ima-
ginaires.   l'adjoufte , Tout Poëme
fuccinct, d'autant que l'Epigramme
doit eftre courte & preffée ; & que
d'autant plus qu'elle a ces qualitez
en vn haut degré , d'autant plus eft
elle meilleure ; pource qu'elle fe fent
plus de fa premiere origine , lors
qu'elle n'eftoit qu'vne fimple Infcri-
ption, qui comme i'ay dit cy-deffus,
ne confiftoit qu'en vn feul mot , ou
du moins en autant de paroles que
l'on en pouroit efcrire fur vn portail
dans la frife enfoncée entre l'archi-
traue & la corniche , éleuées au deffus des chappiteaux des colonnes.

*Eften-
duë de
l'Epi-
grâme
chez les
Grecs.*

3. Ce qui eft fi vray, qu'vn fçauant
Autheur d'Italie, qui a formé vn
Poëte purement en idée, comme Xe-
nophon vn Prince, Platon vne Republique, & Ciceron vn Orateur;
qu'Antoine Minturnus, dis-je, n'a
pas feint d'aduancer, fuiuant en cela,

dit-il, le sentiment de Cyrillus ancien Poëte Epigrammatique ; que le
simple Distiche estoit encore trop
long pour l'Epigramme ; quoy qu'a-
prés tout le mesme Cyrillus ne die
autre chose, sinon que l'Epigramme
d'vn seul Distiche est vne Epigramme iuste & proportionnée ; & que si
elle s'estend au delà de deux Vers
seulement, ce n'est plus vne Epigramme, mais vn Liure. Voicy ses
propres mots fidellement traduits
d'vne de ses Epigrammes Grecques.

> *Omne Epigramma placet geminis quod*
> *versibus exit.*
>
> *Quod plus est, Librum, non Epigramma*
> *voces.*

Et selon la version du docte Grotius
rapporté par vn sçauant Autheur
moderne, qu'au grand regret des
Muses la Mort nous a rauy depuis
peu de temps,

Io. Ge-
rard.
Vossius.

> *Versibus ex geminis bona sunt Epi-*
> *grammata, quod si*
> *Tres excedit ; Epos, non Epigramma*
> *facis.*

Et de fait, il se trouuera dans l'Anthologie, ou Recueil des Epigrammes de la Grece, plusieurs Epigrammes qui ne consistent qu'en vn seul Distiche; tesmoin celle cy de Lucilius contre vn miserable Auaricieux qui se pendit, aprés auoir songé la nuit qu'il auoit fait vne despense extraordinaire.

Sumptus in somnis quia fecerat Hermus auarus

Tristitiam laqueo colla premente fugat.

Ces deux Vers qui sont de la version de Paul Estienne, fils de l'Illustre Henry, ont esté ainsi traduits en nostre langue.

Hermus crût en dormant despenser en effet;

L'auare à son resueil s'en pendit de regret.

Triste & lamentable fin de ces malheureux, qui ne font iamais de bien au monde qu'aprés qu'ils n'y sont plus, & qui n'obligent les hommes qu'aprés qu'ils ne sont plus en estat d'en receuoir de legitimes actions de graces.

Eu voicy vne de Palladas qui n'eſt
pas, à mon aduis, vn ſi impertinent
Poëte Epigrammatique , qu'aprés
Scaliger quelques Sçauans ſe ſont
imaginez. C'eſt contre les femmes.
En quoy certes ſon deſſein me ſemble bien plus à blâmer que ſon Epigramme.

Fœmina nil quàm ira eſt horiſque beata
   duabus

Dicitur, in thalamo ſcilicet & tumulo.

On en trouuera vne infinité de ſemblables dans l'Anthologie. Voire
meſme il s'y en rencontre pluſieurs
Monoſtiches , ou d'vn ſeul Vers,
comme celle-cy de Leonidas contre
vne Courtiſanne.

Fugiſti Thalamos vnius , & excipis
   omnes.

Que ie pourrois traduire de la ſorte,
  Tu fuis le lit d'vn ſeul, & ſers de lit à
    tous.

Et cette autre encore du meſme Leonidas ſur des Lauriers couppez par
des gens de guerre.

Quò iam abijt Phœbus Marti cum
Daphnida iungis?

P. 86.
fci

Que i'ay traduite, ou imitée en quelque endroit du Recueil de mes Epigrammes.

Esten-
duë de
l'Epi-
gráme
chez les
Latins.

4. Les Poëtes Latins n'ont pas esté
de ce costé là moins scrupuleux que
les Poëtes Grecs, puis qu'entre leurs
diuerses Epigrammes il s'en rencontre vn trés grand nombre de deux
Vers seulement. En quoy ils ont
en quelque sorte retenu la briefueté
de l'ancienne inscription. Tesmoin
ce fameux Distiche de Virgile, qui
comprend en peu de mots la vie de ce
grand Poëte, le lieu de sa naissance,
& de sa sepulture, & mesme ses diuers Escrits.

Mantua me genuit, Calabri rapuere,
     tenet nunc,
Parthenope, cecini, pascua, rura, boues.
Que nostre docte & laborieux Amy
Michel de Marolles a traduits ainsi
dans la vie de Virgile.

I'ay partagé mes iours en diuerses Pro-
     uinces,
Ma naissance à Mantouë, en Calabre
     ma mort;

Naples par mon tombeau rend illustre
>   *son sort,*
I'ay chanté les Bergers, les Laboureurs,
>   *les Princes.*

Tesmoin encore cet autre Distiche,
que le Cardinal Bembo composa sur
la mort de l'excellent Poëte Sannazar, qui passa pour le Virgile de son
siecle.

> *Da sacro cineri flores, hîc ille Maroni*
>   *Synccrus, Musa proximus vt tumulo.*

Qui est à dire, selon la version que
i'en viens de faire pour recompense
des belles choses que i'ay autrefois
apprises dans son fameux Poëme
Epique de l'Enfantement de la Vierge, que i'ay traduit en nostre langue,
& publié depuis quelques années,
sous le titre des Couches sacrées de
la Vierge.

> *Couurez de viues fleurs cette Muse fer-*
>   *tile.*
> *Qui iusques au tombeau s'approcha de*
>   *Virgile,*

Il se trouua encore à l'exemple des
Grecs quantité d'Epigrammes La-

tines d'vn seul Vers, comme celle-cy de Martial.

> *Omnia Castor emis, sic fiet vt omnia vendas.*

Castor achette tout, vn iour il vendra tout.

Et celle-cy du mesme Poëte.

> *Pauper videri vult Cinna, & est pauper.*

Cinna veut sembler pauure, il est pauure en effet.

Et mesme i'ay obserué dans nos Poëtes modernes des Epigrammes d'vn seul Hemistiche, ou d'vn demy Vers, comme cette inscription funebre & vn peu picquante du Chancelier du Prat, faite par Theodore de Beze, l'vn des meilleurs Poëtes Latins de son siecle.

> *Amplissimus vir hic iacet.*

qu'il est mal-aisé de rendre en nostre langue auecque la mesme grace, & la mesme force du Latin.

Esten-
duë de
l'Epi-
grame

5. Nos doctes François qui ont tousiours marché de prés sur les pas de la vénerable & sçauante Anti-

...quité nous ont aussi laissé vn nombre infin y de petites Epigrammes de qua- tre Vers sous le fameux titre de Qua- trains, qui representent bien, ce me semble, les Distiches des Latins, & des Grecs. Ce n'est pas aprés tout qu'ils n'en ayent encore com- posé de deux Vers seulement. Com- me cette fameuse Epigramme que Clement Marot mit au deuant des œuures de François Villon, lorsque par l'exprés commandement du Roy François premier, il les fit réïmpri- mer curieusement, & auec de petites notes. *chez les François.*

> *Peu de Villons en bon sçauoir,*
> *Trop de Villons pour deceuoir.*

Et celle-cy encore du mesme Marot, qui est au frontispice de son Cime- tiere. C'est sur la mort d'vne certaine Ieanne Bonté, qui n'estoit peut-estre pas si mauuaise que son inscription funebre.

> *Cy gist le corps Ieanne Bonté bouté;*
> *L'Esprit au Ciel est par bonté monté.*

Iacques Tahureau du Mans, qui n'e-

ſtoit pas vn des derniers Poëtes de ſon
ſiecle, nous en a pareillement donné
quelques-vnes de deux Vers ſeulement ; comme celle-cy qu'il fit ſur vn
Liure aſſez plein de beaux mots, mais
vuide de grandes inuentions.

> *Ce Liure eſt beau, gracieux, & benin,*
> *Propre, elegant, mais certes ſans venin.*

Et par ce *venin* il entend parler de cet
aiguillon, ou de ce fiel, dont ie parle-
ray tantoſt. Noſtre Amy Gilles Mé-
nage, dont le nom eſt ſi fameux ſur le
Parnaſſe, a ce me ſemble bien rencontré dans cette petite Epigramme.

> *Ce portrait reſſemble à la Belle,*
> *Il eſt inſenſible comme elle.*

Mon Lecteur en trouuera meſme
pluſieurs de la ſorte dans mon Recueil d'Epigrammes, comme celle-cy
que ie fis ces iours paſſez ſur le por-
trait d'vne belle fille.

> *Pour te faire vn preſent, beau comme*
> *ton viſage ;*
> *Le monde n'en a point, ſi ce n'eſt ton*
> *image.*

Et cette autre dont ie regalay autres
fois

fois cet Illuftre Mécene de mes Mufes, le grand Cardinal de Richelieu.

Armand, qui pour six Vers m'as donné
*   six cens liures,*   † p.178.
Que ne puis-je à ce prix te vendre tous
*   mes Liures?*

6. Mais pource que tous les fujets Vaftes
d'Epigrammes ne fçauroient eftre Epigrá-
toufiours compris dans les bornes mes
eftroittes de deux ou de quatre Vers des Au-
feulement; les Grecs, les Latins, & theurs
les François aprés eux, n'ont point anciens
fait difficulté d'eftendre ces limites & mo-
autant que l'exigeoit leur matiere; fi dernes.
bien que dans l'Anthologie Grecque
on rencontre des Epigrammes de 24.
Vers, de 30. & de plus encore. Et
chez les Latins, comme dans Catulle
& dans Martial, qui font les anciens
& les veritables Princes de l'Epigramme, nous en lifons auffi qui
contiennent plus de 30. Vers; tef-
moin celle de Catulle, qui commence ainfi,

Varius me meus ad fuos amores, &c.   *Lib.* 3.
Et cette autre du mefme.   *Ep.* 40.

B

Oramus si forte non molestum est, &c.
Tesmoin encore celle-cy de Martial
contre vn Zoile.

Conuiua quisquis Zoile potest, &c.
Voire mesme de 50. Vers, & dauantage; comme celle où il descrit la
belle & agreable maison de son cher
Amy Faustinus.

Baiana nostri villa Basse Faustini. &c.
Et ainsi des autres. Les Poëtes Latins qui succederent à ceux-là, enche-
rirent bien sur cette licence, ou plutost sur ce libertinage Epigrammatique, puis qu'ils se donnerent la liberté
de faire des Epigrammes qui pou-
roient bien passer pour des Odes rai-
sonnables, ou pour de longues Elegies, ou mesme pour de veritables
Silues. Ie mets en ce rang le Poëme
du Phœnix, que Claudian ne feignit
point d'inserer au nombre de ses Epigrammes, quoy qu'il contienne plus
de cent Vers Hexametres, ou Heroïques. I'y mets encore plusieurs Epigrammes d'Ausone, dont quelques-
vnes sont de 25. & d'autres de 35.

Vers. De Marulle, dont quelques-
vnes sont de 30. Vers, de 40. de 60.
& de 150. mesmes. D'Angerian, qui
en ont plus de 30. De Iean second,
qui en contiennent 60. & dauantage;
& plusieurs autres encore de ce mesme siecle. Daniel Heinsius, que i'ay
tousjours consideré comme vn grand
& puissant Genie dans toute l'estenduë des belles Lettres, nous en a
pareillement donné plusieurs de 28.
& de 30. Vers, comme on le peut voir
parmy les siennes; sans parler de celles qu'il a traduites de Grec en Latin, ou qu'il a composées en Grec à
l'imitation des Grecs. Finalement,
pour ne point repeter icy ce que i'ay
dit ailleurs, lors que i'ay fait vn Ca-
tologue assez exact, & mesme vn iugement assez libre de tous nos Poëtes
Epigrammatiques, Grecs, Latins, &
François; Estienne Pasquier, qui a
esté de nostre temps vn assez grand
Maistre dans cet Art, en a fait aussi
de plus de 40. Vers, comme on le peut
voir dans le Recueil de ses Epigram-

mes Latines, & par celle qu'il adreſſe
à l'Eſcot de Clany, qui commence,

Dicite ô Charites, Apollo, Muſæ, &c.

Et par celle-ey encore à ſa Maiſtreſſe
Sabine.

Lib. 3.　　*Parce, parce, precor, Sabina parce,*
Ep. 11.　　*Meum delitium ſuauiumque, &c.*

Mais nos François, qui dans mille
choſes ſpirituelles ne s'éuaporent pas
tant que les Eſtrangers, ont à mon
aduis en cela eſté beaucoup plus mo-
deſtes, & plus retenus. Et quoy que
le Préſident Maynard, qui au rapport
d'vn de nos fameux Poëtes, faiſoit
des Epigrammes qui ſembloient a-
uoir de la Magie, en ait compoſé
quelques vnes de 16. Vers, de 20. de
30. & de 34. meſmes, comme on le
peut voir dans ſes œuures diuerſes;
ſi eſt ce qu'il paroiſt bien par vn autre plus grand nombre d'Epigrammes regulieres de 8. de 10. & de 12.
Vers, qu'il ne s'eſt pas touſjours a-
bandonné à cette licence prodigieuſe
que nos bons Poëtes, anciens & modernes, n'ont priſe que fort rarement.

Car dans Clement Marot, horſmis
ſes deux Epigrammes du beau & du
laid Tetin, qui contiennent chacune
enuiron 34. Vers ; celle de la Con-
ualeſcence du Roy François Premier, qui en contient vne trentaine;
& celle qu'il adreſſe à ſes Diſciples,
pour les inſtruire de quelques façons
de parler en noſtre langue, & qui
commence ainſi,

Enfans oyez vne leçon, &c.

Il ne s'en trouuera gueresqui paſſent
le nombre de dix ou de douze Vers.
Ie ne compte pour rien celles
qu'il traduiſit du Latin, puis qu'il
ſuiuit en cela l'erreur de ſes origi-
naux. Ie dy la meſme choſe de Mellin de Saingelais, qui paſſoit de ſon
temps pour l'Eſprit le plus raffiné
dans la Science Epigrammatique ;
puis qu'oſté l'Epigramme du vieil-
lard de Veronne, traduite du Latin
de Claudian, & vne autre traduite
de Catulle, toutes les ſiennes n'exce-
dent pas le nombre de dix ou douze
Vers. Auſſi ne nous les a-t'il données

que ſous le titre de Sixains, de Hui-
tains, de Dizains, & de Douzains
meſmes, comme on les appelloit, plu-
toſt qu'Epigrammes, dont le nom ne
commença qu'alors d'eſtre en vſage.
Car i'apprens de Ioachim du Bellay,
l'vn des plus iudicieux Poëtes du
dernier ſiecle, que Lazare de Baif,
qui viuoit ſous le Regne du Roy
François premier, fut le premier auſſi
qui donna à noſtre langue le nom
d'Epigramme, auſſi-bien que le nom
d'Elegie. Et en effet, ie ne trouue
point que nos anciens Poëtes François l'ayent iamais employé auparauant; & c'eſt de luy ſans doute que
Mellin de Saingelais, Clément Marot, François Habert d'Iſſoudun, Be-
ranger de la Tour, Charles Fontaine,
François Sagon, Eſtienne Forcadel,
& tous les autres beaux Eſprits qui
floriſſoient en ce temps là, & dont
i'ay fait en celuy-cy les Vies dans
mon Hiſtoire des Poëtes, ont emprunté le beau nom d'Epigramme,
que les Eſprits de noſtre temps ont

depuis éleué à vn si haut poinct, que
toute l'Antiquité Grecque & Latine
n'a peut-estre iamais rien veu, ny rien
fait de mieux. Aussi le grand Ronsard, qui auoit asseurément le goust
des bonnes choses, & qui n'estoit
point satisfait des Epigrammes de
son siecle, ny mesme des siecles pre-
cedens, voulut sans doute désigner le
nostre, lors que par vn pur Esprit de
prophetie il parla ainsi dans vn de
ses Poëmes à Iean de la Peruse.

Vn autre plus gaillard
Nous salera l'Epigramme raillard.

En quoy certes son sentiment estoit
conforme à celuy de Marulle, qui
auoit desja dit que iusques en son
temps personne n'auoit encore reüssi
dans le style Epigrammatique.

Epigramma cultum, teste Rhallo, ad-
huc nulli.

Aprés tout, ie ne sçay d'où pouuoit
proceder le dégoust de ces deux fameux Poëtes, puis que Catulle &
Martial, Marot, & Saingelais, a-
uoient fait des Epigrammes que toute

Les
bonnes
Epigrã-
mes ré-
seruées
à nostre
siecle,
selon le,
sentim
mesmes
de Ronsard,
et de Marulle

l'Antiquité, & tous les derniers fiecles, auoient fi hautement eftimées. N'eft ce point, comme ie le diray tantoft, que voyant les Intelligens partagez, les vns pour Martial, & les autres pour Catulle, les vns pour Saingelais, & les autres pour Marot, ils ne fçauoient bonnement auquel des deux adjuger la Couronne Epigrammatique? Et qu'ils croyoient qu'vne Couronne n'eft pas tout à fait affermie, quand elle eft difputée? Que comme parmy les Poëtes heroïques pas vn ne difpute le prix à Virgile, ny à Horace le prix du Poëme Lyrique, il y auoit encore lieu de contefter entre les Autheurs à qui l'emporteroit dans l'Epigrammatique. Tant il eft malaifé de paruenir au fupréme degré de la perfection dans les nobles productions de l'Efprit!

7. Quoy qu'il en foit, dans la définition de l'Epigramme, i'ay dit que c'eft vn Poëme fuccinct qui défigne naïuement les perfonnes, &c. d'au-

Véritable caractere de l'Epigrâme.

tant que le caractere specifique de
l'Epigramme, *Nimium ornatum non
postulat,* dit vn Autheur moderne, ie
veux dire qu'il ne demande pas ordinairement les locutions magnifiques
& pompeuses du Poëme Epique, ny
mesme le brillant du Poëme Lyrique; mais vn langage naïf, naturel,
& sans fard, net, & familier, tel que
celuy des Bergeries ou Eglogues Pa-
storales, ou des Silues mesmes. Car
s'il en faut croire vn grand Rhetori-
cien, les Silues doiuent estre mises au
rang des Epigrammes; & il semble,
dont ie m'estonne le plus, que le Poëte
Stace dans la Préface de son second
Liure des Silues, fauorise cette opinion, lors qu'escriuant à son Amy
Melior Atedius, & luy adressant la
Silue de son Arbre, & celle de son
Perroquet, il luy parle ainsi; *Arbo-
rem certe tuam, Melior, & Psittacum
scis à me leues libellos quasi Epigramma-
tis loco scriptos.* Aussi est-ce suiuant
cela que comme les Maistres de l'Art
Oratoire en parlant des trois genres

de bien dire, ont appliqué le sublime
ou magnifique à l'Eneïde de Virgile,
le moyen, ou le mediocre, à ses Geor-
giques, & le moindre, ou le bas, aux
Bucoliques de ce grand Poëte, ils
pouuoient bien ce me semble aussi
raisonnablement l'appliquer aux Epigrammes, & aux Epigrammes mesmes de Virgile, puis que c'en est le
veritable caractere.

8. Et de là l'on peut inferer, que
ceux qui ne s'estudient qu'à faire de
beaux Vers, & à donner des pensées
heroïques, & des paroles pompeuses,
aux Poëmes, & aux matieres qui demandent l'exclusion de la pompe &
du haut apareil, sont bien éloignez de
connoistre le caractere specifique de
chaque espece de Poësie. En quoy
certes on peut dire qu'ils sont autant
à blâmer, que si dans vn Poëme Epique ils employoient des locutions
basses & rampantes, & des pensées
populaires; puis que ce n'est pas vn
moindre defaut à vn Poëte de ne
pouuoir aux occurrences abbaisser

fon genie & fon ſtyle, que de ne les
pouuoir éleuer quand il en eſt be-
ſoin. Et à ce propos il me ſouuient
d'auoir autresfois veu dans des en-
trées de Ballet, des Vers qui ſembloient beaux à merueilles ; mais qui
l'euſſent bien paru dauantage, s'ils ne
l'euſſent pas tant eſté ; ie veux dire ſi
l'Autheur les eut rendus plus conuenables au ſujet, & plus propres aux
lieux où ils eſtoient employez ; &
meſme, pour vſer des termes d'vn
excellent Autheur moderne, s'ils euſſent eū ce beau ſecret d'appropria-
tion, qui manque à vne infinité de
rares ouurages de noſtre ſiecle. Defaut qui ne vient certes d'ailleurs que
du peu de ſoin que l'on a d'examiner
& d'aprofondir les myſteres d'vn Art
qui a toutes ſes regles iuſtes & eſſen-
tielles, & qui n'eſt pas ſeulement in-
uenté pour plaire, mais encore pour
inſtruire.

    Quant à ce que i'ay dit, que l'E pi-
gramme de ſa nature propre déſigne
les perſonnes, les actions, & les pa-

I. de la
Meſ-
nar-
diere.

roles memorables; pour estre persua-
dé de cette verité, on n'a qu'à consulter tous les ouurages Epigrammatiques, puis que les exemples faciles
& frequens que l'on y rencontre de
toutes ces choses diuerses, peuuent
bien mieux instruire que tous les pre-
ceptes des plus grands Maistres. Et
en effet, il est bien mal-aisé de loüer
ou de blâmer, que ce ne soit vne personne vertueuse, ou qui ne l'est pas;
vne action genereuse, ou lâche; vne
parole raisonnable, ou ridicule; puis
que ce sont là, ou peu s'en faut, les
plus ordinaires matieres des Epigrammes de l'Anthologie Grecque,
& de tous les Poëtes Latins & François; car quant aux Italiens, & aux
Espagnols, on peut dire que leur gentil Madrigal leur tient lieu d'Epigramme; dont ils n'ont pas encore
inseré le nom dans leurs Poësies,
mais dont ils employent si agreablement les plus nobles sujets sous cet
autre titre, si connu & si familier
parmy eux.

Du Ma-
drigal
des Ital.
et des
Espagn.

9. Ie puis dire la mefme chofe du
dernier membre de la définition de
l'Epigramme, qui tire auec art &
auecque grace vne conclufion fur-
prenante de certaines propofitions
aduancées. Ce qui arriue le plus
fouuent, lors que l'on infere, ou le
grand du moindre, ou le petit du
grand, ou le pareil du pareil, ou le
contraire du contraire.

L'exemple du premier fe rencontre
en mille endroits dans Martial, comme dans cette Epigramme de fon
beau Liure des Spectacles publics,

> *Sæcula Carpophorum, Cæfar fi prifca*
> *tuliffent, &c.*

Et le refte, où pour plaire à l'Empereur Domitien, il préfere le icune
Carpophorus, qui luy eftoit fi cher,
à Hercule, à Thefée, à Bellerophon,
à Iafon, & à Perfée, quand il eftoit
queftion de combattre des beftes fa-
rouches, ou des Monftres; comme
dans vne autre Epigramme il l'auoit
bien encore mis au deffus de Melea-
gre & d'Hercule.

Diui-
fion de
l'Epi-
gram-
me, &
diuers
exem-
ples
pour fa
com-
pofitió.

Spec-
tac.
Ep. 27.

Spe-
ctac.
Ep. 15.

Ie dy la mesme chose de cette autre
Epigramme, où il loüe si noblement
l'Empereur Trajan, qu'il compare,
ou plustost qu'il préfere, au pieux &
sage Roy de Rome, l'antique Numa
Pompilius.

Et cum tot Cræsos viceris, esse Numam.

La premiere des siennes tombe encore sous ce mesme genre. Aprés
y auoir hautement loüé le memorable
trauail des Roys d'Egypte, ou plutost
leur dépense prodigieuse dans la stru-
cture des Pyramides, les murailles
& les iardins suspendus de Babilone,
le Temple de Diane en Ephese, &
tous les autres miracles du monde,
il finit ainsi en faueur de l'Amphi-
teatre de Cesar.

Omnis Cæsareo cedat Labor Amphi-
     teatro,

Vnum pro cunctis fama loquatur opus.

Dans l'Epigramme suivante, l'Autheur anonyme cité dans le Recueil
des Poëtes Italiens de Mathæus Tos-
canus, tire ainsi le moindre du plus
grand, au mespris d'Alexandre qui
défere à Iules Cesar.

Spectat Alexandri pictæ ut certamina
  Cæsar
Ast ego nondum aliquid gessi, ait il-
  lachrymans;
Quid si & Alexander spectasset Cæsaris
  acta
Dixisset; Persas vincere pigritia est.

La conclusion de cette Epigramme
Françoise, où l'Autheur se plaint
d'vn Critique, peut tomber encore
sous ce mesme genre.

  I'ay mes défauts, & toy les tiens.
  Mais sans qu'en raison ie me fonde
  Que tes Vers estonnent le monde,
  Cependant on lira les miens.

Martial nous donne vn exemple
memorable du pareil au pareil dans
sa fameuse Epigramme à son Amy
Licinian. Car aprés auoir hautement
exageré l'honneur que Verone reçoit
d'auoir donné naissance au Poëte Catulle, Mantoüe à Virgile, Sulmo à
Ouide, Padoüe à Tite-Liue, l'E-
gypte à Appollodore, Cordoüe aux
deux Seneques, & à Lucain, il conclud en faueur de sa petite Ville; &

ie suis bien asseuré, dit·il, que Bilbilis
parlera vn iour aussi hautement de
moy.

Nec me tacebit Bilbilis.

Ce qui a esté depuis assez durement
imité par Clement Marot dans sa
fameuse Epigramme des Poëtes de
son temps, qui commence ainsi.

De Iean de Meun s'enfle le cours de
*   Loire.*

Et qui finit de la sorte.

Quercy, Salel de toy se vantera,
Et comme croy, de moy ne se taira.

Le contraire du contraire se rencontre dans cette Epigramme de Catule,
où il rend graces à Ciceron d'auoir
plaidé pour luy ; & où aprés que le
Poëte s'est comparé à l'Orateur, il
conclud pourtant qu'il y a vne notable diference entr'eux, tant du costé
de l'esprit, que de leur profession
dissemblable. Car c'est ainsi qu'il finit cette Epigramme.

Gratias tibi maximas Catullus
Agit, pessimus omnium Poëta,
Tantò pessimus omnium Poëta,

Quantò tu optimus omnium Patronus.

Celle que Martial adreſſe à Dyndimus ſur la diuerſité de leurs humeurs & de leurs inclinations, eſt dans ce meſme genre des contraires, ou diſſemblables.

Inſequeris fugio; fugis inſequor; hæc
  mihi mens eſt
Velle tuum nolo, Dyndime, nolle volo.

Mais comme celle là eſt vne gentille imitation de la précedente de Martial, il ſemble que l'Autheur du beau Romant de l'Aſtréc ait eu celle-cy dans l'eſprit, lors que parlant d'vne Bergere, il dépeignit ainſi ſon humeur.

Elle fuit, & fuyant elle veut qu'on
  l'atteigne,
Combat, & combattant veut qu'on
  ſoit le plus fort, &c.

Celle-cy y tombe encore. Elle eſt d'vn certain Poëte d'Italie nommé André Dactius, comme on le peut voir dans le Recueil de ſes Vers imprimé à Florence l'an 1549.

Promittis, promiſſa negas, offerſque ne-
  gata,

Qui sequitur refugis, quique fugit se-
　　queris
Spreta ardes gratis spernentem, spernis
　　amatum,
Dilexit, sperno, dispeream nisi amas.

Et pour ne point trop m'éloigner
des routes de nostre langue Françoise,
en voicy vne qui s'y peut rapporter
encore.

Tu me ressembles, ce dis-tu,
D'esprit, de mœurs, & d'exercice;
Lidas, ie te croy, si le vice
Peut ressembler à la vertu.

10. Il y en a qui diuisent encore l'E-
pigramme en trois Classes. La premiere comprend toutes les inscriptions des personnes & des choses,
d'où l'Epigramme a tiré son nom &
sa premiere origine. L'autre comprend la loüange, ou le blasme des
actions, & des personnes. Et la derniere, les aduantures fortuites, & les
succés admirables & surprenans, ou
effectiuement arriuez, ou seulement
imaginez par le Poëte. Et de tout
cela il s'en trouue vne infinité d'e-

xemples palpables dans nos Poëtes,
que le Lecteur curieux des belles
choses peut consulter à loisir. Et
mesme il peut encore consulter là-
dessus, aussi bien que sur vne infinité
d'autres matieres curieuses, le bel
ouurage que le docte Nicolas Mer-
cier a publié depuis peu sous le titre
de scribendo Epigrammate.

11. Quoy qu'il en soit, comme l'E-
pigramme reçoit toutes sortes de me-
sures de Vers, soit Vers Alexan-
drins, ou de douze à treize sillabes;
soit Vers communs de dix à onze
sillabes, soit Vers Lyriques de huit
& de six sillabes, & ainsi des autres;
il est vray de dire qu'elle reçoit aussi
toute sorte de sujets, serieux, & bur-
lesques, gays, & mélancoliques;
voire mesme tous les genres d'écrire,
quoy que, comme i'ay desja dit, le
mediocre, ou plustost le bas & le
moindre, luy soit plus ordinaire, &
mesme plus conuenable; d'autant
peut-estre qu'il y a plus d'hommes
que de Dieux, & de Heros; plus d'a-

&ecctions baſſes, que de releuées ; & plus de choſes communes, que de rares.

Et pour iuſtifier d'autant plus que l'Epigramme eſt capable de tout, c'eſt qu'elle reçoit non ſeulement le faux & le vray, mais encore ce qui paſſe le vray-ſemblable Et de là vient, comme i'ay dit, que certains Poëtes ne font point de difficulté dans le genre Epigrammatique, d'introduire des Proſopopées, des ruiſſeaux, des fontaines, des arbres, & des Villes ; qui parlent tantoſt l'vn à l'autre, & tantoſt à l'Autheur meſme. Ce n'eſt pas aprés tout que ce ſoit là ny la penſée, ny le vray jeu de Catulle & de Martial, puis qu'en liſant leurs œuures i'ay autresfois obſerué qu'ils n'ont iamais introduit de Dieu, ny de Déeſſe, qui parlent, non plus que ſi c'eſtoit vn Poëme Dramatique ; où ce ſeroit pecher contre toutes les véritables regles de l'Art de les introduire, & de les faire parler, ſuiuant le precepte d'Horace.

Nec Deus interſit.

Si l'on peut dans l'Epigramme faire parler des Dieux & des Déeſſes.

Mais si c'est vn abus, ie voy qu'il a passé en vsage parmy les Poëtes modernes, Latins, Italiens, & François, qui ont sans doute emprunté cette liberté des Grecs, dont les œuures vagues & déreglées sont remplies de pareilles hyperboles, ou fictions chimeriques. Si les vns ou les autres ont bien ou mal fait en cela, ie m'en rapporte à ceux qui ont plus de temps & de loisir que moy d'examiner cette question. Mon dessein est plustost de montrer icy ce que l'on doit faire, que de censurer & de blasmer ce que l'on a fait. Ie diray seulement que l'Epigramme où Martial introduit *Lib.* I. vn Lyon qui s'entretient auec vn Lievre, tient vn peu trop de l'Apologue Esopique, du fabuleux, & du ridicule; aussi bien que celle où Catulle introduit vne certaine Porte qui luy parle, & qui raisonne sur ses aduantures. Ce qui a esté depuis imité assez agreablement par Iean Passerat dans deux de ses Elegies, dont la premiere est d'vn Amant qui

parle à la porte de sa Maistresse, &
l'autre est la réponse de la porte à
l'Amant. La premiere commence
ainsi.

L'humide nuit, nourrice des amours,

A jà parfait la moitié de son cours, &c.
Et l'autre de la sorte.

Que gagnes tu de me troubler ainsi,

Laisse-m'en paix, pauure amoureux
transi, &c.

Fameuse contestation sur le sujet de l'Epigramme.

12. Mais comme cela tient plustost
de l'Ode, ou de l'Elegie, que de l'Epigramme, & que ie ne parle point icy
du caractere Lyrique, ny de l'Elegiaque, ie n'en diray rien dauantage. Et
puis ce serois en quelque sorte vouloir renouueller ce fameux combat,
dont parle Aulugelle dans ses nuits
Attiques. Car c'est là qu'il rapporte
fidélement la contestation qu'il y eût
autresfois entre quelques Sçauans
de son siecle touchant le mérite des
Epigrammes Grecques, & des Latines; les vns se déclarant absolu-
ment pour la Grece, & les autres
hautement pour l'Italie. Mais com-

me ces démeflez, à les bien prendre,
ne font pas de mon fuiet, ie renuoye
mon Lecteur à ces excellens origi-
naux; & me contente de déclarer iey
ce que i'ay appris touchant la fcience
des Epigrammes en général , & en
quelque langue mefme qu'elles foient
conceües.

13. Et pour y proceder fuccincte-
ment, & auec quelque ordre , i'adjoufte à ce que i'ay dit , & pour l'é-
claircir dauantage, que l'Epigramme
pour eftre excellente, doit eftre courte, gratieufe, fubtile, & pointuë. l'ay
affez parlé cy-deffus de fa briefueté,
lors que i'ay montré qu'elle eft d'autant meilleure, qu'elle eft fuccincte;
& que celle qui a le plus de Vers a
ordinairement moins de grace & de
beauté. Si bien qu'aprés ce tempe-
rament neceffaire, il eft à propos de
reftraindre, & de refferrer ce petit
Poëme, afin de l'approcher toufjours
le plus qu'il eft poffible de l'infcri-
ption, dont elle a pris fon nom & fa
fource. Auffi eft-ce par ce moyen là

qu'elle s'imprime plus aifément dans
la memoire, pour eftre aux occafions
recitée auecque plaifir, & auecque
facilité. Ce que l'on peut faire aprés
tout fans beaucoup d'effort, fi elle ne
paffe point l'eftenduë de dix Vers,
de douze, ou de feize au plus. Ce que
le Poëte-Aufone a prefque toufjours
exactement obferué dans les fiennes.

Elle doit eftre gracieufe ; ie dy gracieufe, ne trouuant point de mot
François qui explique mieux le mot,
Venuftum, ou *Snaue*, des Latins. Qua-
lité aprés tout qui luy eft fi neceffaire, que fans cela on la voit tomber
dans cette rudeffe & dans cette con-
trainte, que le docte Grotius a fi iuftement condamnées dans les Epigrammes, lors qu'il a dit en termes
exprés, *Nihil poteft effe tam fatuum,*
quam extortum Epigramma. Or cette
grace confifte au choix, & en la nette
fluidité des paroles, au tour, & à la
cadence des Vers, aux comparaifons
propres & bien reduites, aux defcri-
ptions viues & fleuries, en ce ie ne
fçay

Autres
vertus
de l'E-
pigrã-
me.

sçay quoy qui luy donne touſjours
de nouueaux agrémens, & qui eſtant
conſideré de pres, découure bien plus
de choſes dans le fonds & dans l'inte-
rieur de la penſée, qu'on n'en voit
d'abord éclater ſous la belle apparence des paroles.

14. Quant à la ſubtilité, ou ſi i'oſe
ainſi dire, à l'argutie de l'Epigramme,
elle ne conſiſte pas ſeulement à la
pointe, qui en fait la fin, comme quel-
ques-vns ont penſé; mais en toute
l'eſtenduë du corps de ce petit Poëme, dont elle eſt comme l'eſprit & la
vie, les nerfs, & le ſang qui l'anime.
Car ſans elle, ce n'eſt plus qu'vn
corps immobile, languiſſant, froid,
& plus qu'à demy-mort. Comme
elle eſt premierement dans la penſée
de l'Autheur, elle paſſe & ſe meſle
inſenſiblement dans toute ſon expreſſion. Elle regne du commence-
ment à la fin, & démeſle clairement
& intelligiblement, ce qui d'abord
pouroit ſembler obſcur, & confus. Et
ainſi elle embraſſe, & conduit l'ordre

De la
ſubtili-
té de
l'Epi-
gram-
me.

C

& l’œconomie de ce petit, mais arti-
ficieux, & noble Poëme. Ie dy noble;
car s’il en faut croire vn Autheur moderne, qui en a fait beaucoup de mauuaiſes, & fort peu de bonnes, c’eſt la
façon d’eſcrire la plus difficile, & qui
fait le mieux paroiſtre ſi vn homme
eſt au deſſus d’vn autre homme, dont
elle eſt à ſon aduis le plus eminent
Theatre. Mais quelque haute eſtime que ie faſſe d’vne excellente Epigramme, ie n’ay garde de la mettre à
vn ſi haut poinct; puis que c’eſt tout
ce que l’on pouroit dire du plus excellent Poëme Lyrique, du plus rare
Poëme Dramatique, du plus hardy
de tous les Epiques, de l’Hiſtoire la
plus elegante & la plus reguliere, &
du plus eloquent de tous les Panegy-
riques anciens & modernes. Mais
c’eſt qu’en cela chacun iuge de l’eſprit des autres ſelon la portée du ſien;
& tel qui n’eſt capable que de la production d’vne gentille Epigramme,
voudroit borner en cela toute la vaſte
capacité des hommes. Et à ce pro-

pos ie me fouuiens qu'vn autre me
difoit vn iour affez plaifamment, que
la ftructure d'vn beau Sonnet eftoit
dans les belles Lettres le dernier & le
fuprême effort de l'efprit humain.
Credite pofteri! Cependant ie ne feindray point de m'en rapporter à ces
grands Autheurs des Pucelles, & des
Moÿfes, des Saint Paul, & des Saint
Loüis, des Clouis, & des Alarics.
Ce n'eft pas certes que dix excellens
Vers Epigrammatiques ne me femblent préferables à vne centaine de
traifnans & de mediocres, de quelque
grand & vafte Poëme que ce foit.
Mais à confiderer Poëme pour Poëme, & les mettre en égale balance,
n'eft-ce pas vouloir égaler des mines
de cuiure, & de plomb, à des mines
d'or ? des eftincelles à des brafiers, &
des chandelles de cire au flambeau du
Soleil ? & c'eftoit fans doute la penfée de Martial, lors qu'efcriuant à
Valerius Flaccus, l'Autheur du long
Poëme des Argonautiques, qui luy
vouloit perfuader de s'appliquer

C ij

comme luy à quelque ouurage de plus longue haleine, & de traitter des fujets plus ferieux, ou moins enjoüez que ceux de l'Epigramme, il luy répondit en ces termes.

Nefcis crede mihi quid fint Epigram-
    mata Flacce,
Qui tantum lufus illa, iocofque putas.
Ille magis ludit qui fcribit prandia fani
    Tereos, aut cœnam, crude Thyefte,
    tuam.

Voulant dire par là qu'il n'auoit pas vn affez noble fentiment de l'Epigramme; & que quand elle part de bonne main, fes jeux picquans, & fes railleries ingénieufes & animées, valent beaucoup mieux que toutes les froideurs languiffantes d'vn long ouurage. Voire mefmesqu'elle eft plus capable d'imprimer dans l'efprit des peuples le culte des Dieux, & l'amour de la vertu, que tous les longs & ennuyeux préceptes de la Philofophie. Et en effet, i'ofe dire qu'vne feule Epigramme que ie fis vn iour contre vn homme extremement vi-

cieux, luy imprima vne certaine
honte, & mesmesvne telle horreur
de ses crimes, qu'elle contribua beaucoup à l'amendement de sa vie liber-
tine & débordée, comme il me l'a-
uoüa depuis franchement luy-mesme.
Et à ce propos il me souuient d'auoir
autresfois leû dans la vie de ce grand
fleau des Princes, Pierre Aretin, que
Nicolo Franco de Beneuent reprima
de telle sorte l'insolence de ce fameux
médisant, par vne centaine de Sonnets Satyriques, & piquans, compo-
sez contre luy, qu'il luy imposa depuis vn silence éternel; & sembla
luy auoir arraché toutes ces dents
malignes, dont il déchiroit l'honneur
& la réputation de tous les plus
grands du monde. Cela s'appelle
irriter la playe pour la guerir; ou
pluftoft pour resveiller l'assoupisse-
ment d'vn esprit raisonnable, le pi-
quer doucement auecque des fleurs.

15. Quant à la pointe finale de l'E-
pigramme, on peut dire d'elle ce que
dans vn sujet plus serieux, & plus

Info-
lence
de l'A-
retin
répri-
mée
par vn
aꝰtre Aut.

De la
pointe
de l'E-
pigrā-
me.

C iij

important, on dit à l'homme qui vſe,
ou pluſtoſt qui abuſe des graces de
ſon franc arbitre, *Reſpice finem,* re-
garde la fin. Car comme, ſelon la
maxime des Philoſophes, la fin doit
eſtre la premiere dans l'intention, &
la derniere dans l'execution, il faut
que le Poëte Epigrammatique ſe
propoſe d'abord qu'il ne fera rien
qui vaille, ny qui frappe l'eſprit,
ſi aprés auoir rendu ſon Epigramme
ſuccinte, gracieuſe, & ſubtile, dans
la penſée, & dans l'elocution meſme,
il n'en tire enfin vne concluſion ar-
tificieuſe, ſurprenante, & dont la
pointe viue & aiguë ſoit capable d'é-
mouuoir & d'enleuer l'eſprit du Lecteur. Ce qui eſt à dire vray le grand
ſecret, & comme le couronnement
de l'Epigramme. De là vient que
quelques Autheurs ont comparé la
concluſion de ce petit Poëme à la
queüe du Scorpion; d'autant, diſent-
ils, qu'encore que le Scorpion me-
nace de toutes les parties de ſon corps
heriſſé, celuy qui l'approche; ſi eſt-ce

que la queüe en est principalement à
craindre, puis qu'elle est accompa-
gnée, & comme armée d'vn certain
éguillon qui porte le trait de la
mort.

Aussi est-ce véritablement la pensée de ce grand Poëte, & Euesque
de Clermont en Auuergne, Sidonius Apollinaris, lors qu'il dit dans
vne de ses Epistres, *prætereà quod ad* *Lib. 8.*
Epigrammata spectat, non copiâ sed acu- *Epist. 9.*
mine placent. Au reste, dit-il, quant à
ce qui est des Epigrammes, ie puis
asseurer que ce n'est ny leur estenduë
ny leur fécondité qui les rend agrea-
bles, mais seulement leur pointe &
leur éguillon. Ce qui a esté suiuy
par vn Autheur anonyme du dernier
siecle, mais qui est en effet Thomas
Sibilet, dans son vieux Art Poëtique
François; sur tout, dit-il, dans l'E-
pigramme, sois le plus fluide que tu
pourras, & estudie à ce que les deux
derniers Vers soient aigus en conclusion; car en ces deux consiste la loüange de l'Epigramme. Et de vray, nous

considerons cette conclusion de telle
forte, qu'encore que les penſées d'ailleurs en ſoient vn peu fades & froi-
des, & que l'Epigramme n'ait pas
toutes les graces qui ſeroient à deſi-
rer ; ſi eſt-ce que ſi elle finit bien, on
ne laiſſe pas de l'eſtimer, & d'en con-
ſeruer la memoire. Et c'eſt pour cela
que d'autres l'ont comparée à la
pointe d'vn poignard, qui perce, &
qui tuë ; d'autres, à des grains de poi-
ure qui mettent toute la langue en
feu ; & d'autres, à du fiel, qui fait
bien toſt ſentir l'excés de ſon aigreur
& de ſon amertume. Le Poëte Martial, qui reconnoiſſoit bien en luy-
meſme qu'il auoit trouué le premier
le veritable ſecret de la belle Epigramme, dans cette noble confiance
qu'il auoit de ſon eſprit, ne feignoit
point de dire en parlant de ſoy-meſ-
me,

> *Toto notus in orbe Martialis*
> *Argutis Epigrammatûm libellis.*

Et le meſme Sidonius Apollinaris,

> *Et mordax ſine fine Martialis.*

16. Ce que l'on ne peut pas dire ſi préciſement du Poëte Catulle, dont la pluſpart des Epigrammes ſont belles, & doctes dans leur ſens, & nobles dans leur elocution, mais dont la fin n'eſt pas touſjours fort viue, & fort aiguë. Ce que le iudicieux Scaliger n'a pas oublié de remarquer ; iuſques au poinct de dire qu'il y en a de ſi languiſſantes, qu'elles luy font pitié, *multa languida quorum miſeret* ; & d'autres ſi contraintes, qu'il a peine à les lire. Et c'eſt ce que l'on peut bien dire encore auecque raiſon de pluſieurs Epigrammes Grecques qui ne ſe ſouſtiennent ſouuent, ou que par leur naïueté propre, ou que par la grace & la beauté de leur expreſſion, ou que par quelques autres ornemens ſemblables. De là vient que quand nous voulons aujourd'huy marquer vne Epigramme qui n'a guere de ſel, & de pointe, nous l'appellons en riant, vne Epigramme à la Grecque. Ie ſçay bien que ce n'eſt pas la penſée de Michel de Monta-

gne, puis que dans ſes Eſſais il préfere de bien loin les Epigrammes de
Catulle, à celles de Martial.

Mais quelque reſpect que ie porte
à la memoire d'vn ſi grand Perſonnage, dont les doctes Eſcrits m'ont
touſjours eſté ſi chers, & ſi précieux,
il me pardonnera, s'il luy plaiſt, ſi ie
ne ſuis pas en cela de ſon aduis; & ſi
ie dis qu'il n'appartient guere qu'aux
Poëtes de iuger des Poëtes; & que
les plus habiles Philoſophes, & Orateurs meſmes, s'échaudent bien ſouuent dans l'examen qu'ils font de nos
Poëmes. Ce qui paroiſt aſſez par le
iugement aduantageux que le meſme de Montagne fit autresfois des fades Sonnets du docte Eſtienne de la
Boëtie, dont il inſera dans la premiere
edition de ſes Eſſais, de miſerables
lambeaux, qu'il appelloit de précieux
eſchantillons ; mais qu'il retrancha
depuis luy-meſme du corps de ſes
œuures, comme des taches obſcures
qui diffamoient l'éclat, & les traits
animez d'vn ſi beau viſage.

17. Ie ſçay bien que le iugement Diuers iuge-mens des Epigr. de Catule, & Martial. aduantageux que ie fais de Martial, au prejudice de Catulle, eſt fort contraire au ſentiment de ce gentil Poëte Venitien, André Nauger, qui s'eſtoit ſi ouuertement declaré ennemy de Martial, qu'en vn certain iour de l'année il ne manquoit pas de brûler en la preſence de ſes meilleurs Amis, vn volume d'Epigrammes de ce fameux Poëte; diſant, que c'eſtoit le plus agreable ſacrifice qu'il pouuoit faire aux Muſes. Procedé veritablement vn peu trop mépriſant, & trop ſeuere, mais qui peut-eſtre ne déplaiſoit pas encore à ces deux autres Autheurs Italiens, Raphael Volaterran, & Lilius Gyraldus; puis que l'vn diſoit, que qui vouloit chercher l'elegance Latine, il la falloit chercher ailleurs que dans Martial; & que l'autre ſouſtenoit, que qui auroit tiré ce qu'il y a de plus ſupportable dans Martial, n'en pouroit faire qu'vn fort petit Liure.

Mais au iugement dépraué de

Nauger Italien, i'oppofe d'abord le
iudicieux fentiment de cet autre noble Poëte d'Italie, Marc Antoine de
Cafenoue, qui paſſa luy-mefme pour
le Prince des Epigrammatiques de ſon
temps. Car ie trouue que celuy cy,
au rapport de Paul Ioue, aimoit beaucoup moins reſſébler à Catulle, qu'à
Martial ; ſur ce qu'il y rencontroit,
diſoit-il, des ornemens, & des graces
qu'il ne réçôtroit point ailleurs. Quất
à Volaterran, c'eſtoit veritablemết vn
homme de grande lecture, mais qui
eſtoit bien plus propre à ſoûlager par
ſes œuures laborieuſes la pareſſe de
ceux qui veulent deuenir ſçauans
auecque peu de peine ; que ce n'eſtoit
vn Eſprit de diſcernement, ny qui ſe
connût fort aux graces, & aux déli-
cateſſes de la Poëſie Latine. Du
moins c'eſt le témoignage que Paul
Ioue rend de luy dans ſon Eloge. Et
ainſi ſon ſuffrage ne me ſemble pas
en cela de grande conſideration. Pour
ce qui eſt de Lilius Gyraldus, tout
ſçauant, & tout éclairé qu'il eſtoit,

vous diriez qu'il ne prononce contre
Martial qu'en tremblant, & qu'a-
uecque la permiſſion des doctes
Hommes de ſon ſiecle, qu'il craignoit
d'offenſer, en mépriſant les Eſcrits
d'vn Homme qui auoit preſque toute
leur approbation. Et aprés tout, il
ne condamne pas ſi abſolument Martial, qu'il ne trouue dans ſes Vers
beaucoup de choſes dignes d'eſtime,
& de loüange.

Ie ſçay bien encore que Marc-Antoine de Muret, qui n'eſtoit pas vn ſi
mauuais Iuge dans les matieres dont
il s'agit, puis qu'il fit luy meſme en
ſa ieuneſſe des Epigrammes qui n'eſtoient pas à mépriſer, parlant dans
vne de ſes Epiſtres Latines, de Catulle, & de Martial, conclud en faueur du premier, au grand mépris de
l'autre, iuſques au poinct de dire,
qu'il n'y a pas moins de diference entre ces deux Poëtes Epigrammatiques, qu'il y en peut auoir entre les
belles, & ſpirituelles railleries d'vn
honneſte Homme, & les plattes bou-

sonneries, & honteux mots de gueule
d'vn Basteleur, & d'vn Charlatan,
qui diuertit le menu peuple dans les
places publiques; voicy ses propres
mots, *Inter dicta scurræ alicuius de tri-
uio, & inter liberales ingenui hominis
iocos multo vrbanitatis sale aspersos.*
Mais, à mon aduis, il en est en cecy
du Poëte Muret comme de ces Orateurs prophanes ou sacrez, qui donnent tout l'encens & toute la gloire
au Saint, ou au Heros, dont ils ont
entrepris le Panegyrique. Muret
auoit autresfois escrit des Commen-
taires sur Catule ; & pour authoriser
son choix, & faire valoir son trauail,
il voulut que l'on crût qu'il auoit fait
auecque iugement, & auec connois-
sance de cause, ce qu'il n'auoit fait
que par hazard. Et puis, s'il en faut
croire Claude du Verdier dans sa
Censure des Autheurs, il y a quelque apparence que toutes les Epigrammes que nous lisons dans Martial, ne soient pas de Martial luy-
mesme. Ce qu'il conjecture tant par

la diférence du ſtyle, que parce qu'il
auoit vn antique Manuſcrit de ce
vieux Poëte, qui ne commence pas
par les meſmes Vers qui ont eſté pu-
bliez. Ce que Muret ſemble fauo-
riſer en quelque ſorte, lors qu'il de-
meure d'accord qu'il y a beaucoup
de choſes dans Martial qui ne ſont
pas ſans quelque trait de doctrine.
Neque vero negauerim, dit-il, *multa*
in Martiale quoque non inſcienter dicta
reperiri.

Au pis aller, ie puis oppoſer au dé-
gouſt de Muret, l'illuſtre témoignage
d'vn des plus grands Orateurs de
l'Antiquité, ie veux dire Pline ſecond, qui appelle Martial homme
d'eſprit, agreable, vif, & perçant.
I'adjouſte encore à cela le ſuffrage
du plus iudicieux & ſçauant Homme
de ſon ſiecle, Adrien Turnebe, qui
dans ſes diuerſes leçons declare hautement, qu'il n'eſt pas de l'aduis de
ceux qui appellent Martial vn mauuais bouffon, & qui croyent que ſa
Poëſie ne ſoit pas elegante. Ange

Politian, de qui la Muse n'estoit pas
moins polie que son nom, estoit du
mesme aduis, lors que dans sa Préface sur la Rhetorique de Quintilien
il appelle Martial le plus ingenieux
de tous nos Epigrammatiques. Le
sçauant Iean Douza dans ses Com-
mentaires sur Petrone, ne feint point
de donner à Martial vn Eloge qui
l'éleue au dessus de tous les autres
Poëtes, du moins Epigrammatiques,
puis qu'il l'appelle, *Salsissimum Po-*
tarum, celuy dont la Poësie a le plus
de sel, & le plus de pointe. Lauren-
tius Ramirez, qui est vn des meilleurs
Interpretes de ce Poëte fameux, aprés
plusieurs belles loüanges qu'il luy
donne, dit en peu de mots, que selon
l'aduis d'Horace, c'est vn Poëte pré-
ferable à tous les autres, puis qu'il
n'y en a point qui ait mieux que luy
joint l'vtile au delectable. Antoine
Lulle, dans sa Rhetorique, dit en
termes exprés, que iamais homme
n'eut l'esprit si bien tourné pour l'E-
gramme, que Martial, *Ad Epigramma*

natum ingenium. Et c'eſt encore le
meſme ſentiment de Iean Pontanus,
dans ſon beau Traitté du Langage, où
il appelle Martial, *artificioſsimum
Epigrammatum ſcriptorem,* vn Poëte
qui fait des Epigrammes auec vn art
merueilleux. Iules Scaliger, dans ſa
Poëtique, ne feint point de dire, que
Martial a compoſé des Epigrammes
toutes diuines. Iuſte Lipſe, dans ſes
Queſtions Epiſtolaires, dit franchement, qu'il ſouhaiteroit pour la
gloire de Muret, que le iugement
deſaduantageux qu'il a fait de Martial, ne fût point échappé de la plume
d'vn ſi ſçauant Perſonnage; & adjouſte, que ſur ce poinct il eſt tout à
fait de l'opinion de Iules Scaliger.
Ce ne ſeroit iamais fait, ſi ie voulois
rapporter icy tous les illuſtres témoi-
gnages que tant d'excellens Hommes
ont rendus du Poëte Martial, au pré-
judice meſme de Catulle. On peut
là-deſſus conſulter ce docte Pape
Æneas Siluius, ou Pie ſecond, Ta-
rapha, Domitius Calderinus, Iouius

Pontanus, Merula, Didier Herault,
Raderus, & tous les autres qui ont
pris à tâche de commenter, ou d'in-
terpreter Martial ; iusques là mesme,
que ce sçauant Espagnol, Martin
Iuarra, qui a éclaircy les fameux
Distiches de Michel Verrin, ne feint
point de dire dans la vie de ce Poëte,
qui mourut fort ieune, que s'il eût
vescu plus long-temps, il n'eût pas en
matiere de belle Poësie cedé ny à Ti-
bulle, ny à Catulle, ny à Properce,
ny à Martial mesme. Finalement,
pour conclure cet article par le suf-
frage d'vn des plus celebres Poetes
François du dernier siecle ; Ioachim
du Bellay, dans son Illustration de la
Langue Françoise, exhorte puissam-
ment le nouueau Poëte qu'il veut
instruire & former dans l'Epigramme, de se proposer principalement,
comme vn parfait modele, l'exacte
imitation de Martial, pour ne point
ressembler à vn tas de faiseurs de con-
tes nouueaux, qui dans vn Dizain
sont contens de n'auoir rien dit qui

vaille aux neuf premiers Vers, pour-
ueu qu'au dixiéme il y ait le petit mot
pour rire. Et la Fresnaye, dans son
Art Poëtique, parlant de l'Epigramme, propose aussi bien que du Bellay,
l'imitation de Martial, lors qu'il dit,
De Martial remarque le mérite. Aussi
puis-je dire auec verité, que les œuures de Martial ont tousjours esté
comme vn champ fertile où ces deux
fameux Epigrammatistes de leur
temps, Marot & Saingelais, & mille
autres Esprits serieux & enjoüez du
siecle passé, & du siecle present, ont
recueilly à pleines mains vne infinité
de belles fleurs, dont ils ont enrichy
la noble & précieuse Guirlande des
Muses. Mais comme cela n'est pas
tout à fait de mon sujet, i'en laisse la
recherche, & la discution plus am-
ple, à ceux qui voudront à loisir ba-
lancer le merite de ces deux anciens
& celebres Poëtes Epigrammatiques,
Catulle & Martial, pour reuenir au
veritable & specifique caractere de
l'Epigramme.

Com-
me on
peut
difcer-
ner vne
bonne
Epi-
gram-
me d'a-
uec vne
mau-
uaife,

De déduire icy en quoy confiſte principalement cette pointe ſi recherchée & ſi deſirable; & meſme comme on peut diſcerner vne bonne Epigramme d'auec vne mauuaiſe; ne ſeroit-ce point vouloir monſtrer la diference qu'il y a entre les tenebres, & la lumiere? Certes il en eſt d'vne bonne Epigramme comme d'vne beauté eſclattante & accomplie, qui parle & qui ſe fait connoiſtre d'elle meſme; & de la mauuaiſe comme d'vne femme dont la laideur, les rides & les difformitez bleſſent la veuë & rendent ſon abord odieux. Vne parole hardie, enchaſſée dans de beaux Vers, comme vn précieux diamant dans vn riche chaton; vne rencontre ineſperée; vne concluſion que l'on n'attend pas; vne pointe d'eſprit née ſur le champ, propre aux lieux, aux actions, & aux perſonnes preſentes; & en vn mot, tout ce qui excite le ris, ou l'admiration, & qui fait auecque ioye & applaudiſſement eſcrier l'Auditeur, ou le Lecteur, ô

que cela est beau! ô que cela est rare!
tout cela dis-je, témoigne assez clairement lehaut merite d'vne noble,
viue, & perçante Epigramme.

18. Mais ie ne sçaurois m'empes-
cher icy de donner encor vn aduis
salutaire à ceux qui s'appliquent à ce
genre de Poëme, qui tient le plus
souuent vn peu de la raillerie & de la
Satyre ; c'est qu'en exagerant les
laschetez, & les vices de leur siecle, & les poursuiuant à cor & à cry
comme leurs ennemis declarez, ils
doiuent tousjours se souuenir de ce
précepte de Martial.

Hunc seruare modum nostri nouere
libelli.

Parcere personis, dicere de vitijs.

Ie veux dire qu'ils doiuent soigneu-
sement obseruer que la fin principale
de la Satyre doit estre de diffamer
les vices, & non pas les personnes. Et
si par fois les Poëtes leur donnent des
Noms feints & supposez, c'est seulement affin de luy donner vn corps,
pour la rendre plus sensible, & pour

faire ainſi plus d'impreſſion ſur l'eſprit. Car encore que nous ſçachions
que dans le floriſſant Eſtat de l'Empire Romain, les anciens Poëtes
ayent pris la liberté de nommer dans
leurs inuectiues les plus grands Perſonnages de leurs temps, iuſques-là
meſme que Catulle ne pardonna
pas à Iules Ceſar, qui pourtât ne l'en
traitta iamais plus mal ; ſi eſt-ce qu'il
faut bien prendre garde que cette licence effrenée de parler & d'eſcrire,
ne ſoit contraire à l'honneur public,
ny préjudiciable à la reputation de
l'Autheur. Or elle peut eſtre nuiſi-
ble au public, ſi l'on vient á découurir & à monſtrer au doigt les foux
& les criminels, qui ſe trouueront
touſjours ſans doute en plus grand
nombre que les innocens & les ſages ;
ou qui pis eſt ſi à l'exemple d'Ariſto-
phane, qui compoſa vne piquante
Comedie contre Socrate, on vient à
attaquer les bons & les vertueux,
meſme du coſté de leur foible. Car
qui eſt celuy d'entre les hommes qui

n'ait son défaut ? ou comme dit le
Satyrique, *Auriculas Asini quis non
habet ?* Elle peut estre encore préjudiciable à la reputation de l'Autheur,
en ce qu'il luy seroit possible iuste-
ment reproché d'auoir esté aussi se-
uere aux autres, qu'indulgent à luy-
mesme ; d'auoir veu la paille dans les
yeux d'autruy, & non pas la poutre
dans ses yeux propres. Et finalement
d'auoir peut-estre vn peu trop aisé-
ment préferé la pointe & la gentil-
lesse d'vn bon mot, au charitable de-
uoir d'vn bon Amy. Et c'est là le veritable sentiment de Seneque le Phi- *Lib. 15.*
losophe, lors qu'il dit dans vne de ses *Ep. 29.*
Epistres,

   Quare tolle iocos ; non est iocus esse ma-
     lignum ;

   Nunquàm sunt grati qui nocuere sales.

19. Mais comme de ce costé là
les Poëtes doiuent estre fort reseruez,
les honnestes gens doiuent viure de
telle sorte auecque les Poëtes de leur
siecle, qu'ils ne leur donnent iamais
occasion d'exciter leur verue, ny d'ai-

Com-
ment les
vn hon-
nestes
Agens
ne doiuent
viure
auec-

que les guiſer contr'eux les pointes de la Satyre. Ce que les plus ſages, & les
plus habiles Perſonnages de l'ancienne Gréce, & de la Republique
Romaine, ont touſjours exactement
obſerué; & que tous les autres ſages
doiuent auſſi prattiquer à leur exemple. Les Abeilles ſont douces &
& paiſibles de leur nature; mais
quand on les irrite, elles ont des ai-
guillons à faire bientoſt repentir ceux
qui les ont irritées. L'eſprit des bons
Poëtes eſt ordinairement de meſme;
il n'y a rien de plus facile, rien de plus
doux, ny rien de plus innocent, tant
qu'on ne les perſecute point, & qu'on
ne trouble point la douceur du repos
qu'ils aiment. Mais s'ils ſont vne fois
attaquez ſans raiſon, ce beau ſang qui
les anime s'échauffe, & bout dans
leurs veines; & il eſt à craindre que
leurs Vers picquans ne les vengent,
& ne reduiſent leurs lâches aduer-
ſaires à mener vne vie honteuſe &
languiſſante, & à s'affliger iuſques à
la mort. Car outre ce que les Hiſtoires
nous

nous apprennent du Poëte Archilo-
cus, qui reduifit Lycambe fon ennemy à cette extremité de fe filer foy-
mefme vn cordeau pour fe pendre ;
i'ay leu autrefois dans les diuerfes leçons de Marc-Antoine de Muret,
qu'il auoit connu vn Poëte de fon
temps, qui par fes Vers Satyriques
imprima vne telle honte fur le front
de fon aduerfaire, & vne telle dou-
leur dans fon ame, qu'il en mourut
bien-toft aprés de defefpoir & de
rage. C'eft pourquoy le diuin Platon
dans fon Dialogue de Minos aduertit
iuftement ceux qui aiment vne
bonne renommée, & vne longue reputation, de ne fe commettre iamais
auec vn Poëte ; & bien loin d'attirer
fa haine, de fe concilier fon amitié
par de bons offices, & par des mar-
ques d'honneur, & d'eftime. Et
pource que ce mefme Minos, qui
eftoit Prince de Crete, auoit infini-
ment perfecuté la Ville d'Athénes,
qui eftoit la plus noble & la plus fauo-
rable retraite des Mufes, & de leurs

D

Fauoris, ce Prince orgueilleux & vio-
lét, encourut de telle forte leur haine
& leur difgrace, que toutes les actions
de fa vie, veritables, ou feintes, ferui-
rēt depuis de matiere ridicule & d'ar-
gument à tous les Poëtes Comiques
& Satyriques de la fçauante Gréce.
Ce qui témoigne affez qu'ils n'ont
pas moins de traits picquans à re-
pouffer les injures de ceux qui les
méprifent, & qui les outragent, qu'ils
ont de belles fleurs à répandre fur le
front de ceux qui les aiment, & qui
les loüent.

Le Poë-
te Epi-
gram-
mati-
que
doit en
efcri-
uant
obfer-
uerla
bien-
feance
& l'ho-
nefteté.

20. Le Poëte Epigrammatique
peut encore obferuer, qu'en repre-
nant les vices de fon fiecle, il ne doit
pas employer les termes obfcenes qui
reprefentent les choses vn peu trop
librement, & qui laiffent de fales
images dans l'efprit du Lecteur. Car
encore que tout foit pur aux ames
pures; fi eft-ce qu'il y a vne certaine
honnefteté publique qu'il n'eft ia-
maisà propos de violer. Ie fçay bien
que pour excufer cette intemperance

de plume, les anciens Poëtes se sont
seruis de cette excuse assez inge-
nieuse.

> *Castum esse decet pium Poëtam*
> *Ipsum, versiculos nihil necesse est,*
> *Qui tunc denique habent salem, ac*
>   *lepôrem*
> *Si sunt molliculi ac parum pudici,*
> *Et quod pruriat incitare possunt.*

Et qu'ils ont dit encore,

> *Lasciua est nobis pagina, vita proba est.*

Mais ie les renuoye là-dessus à mon
Epigramme du Poëte lascif, que l'on
peut lire en quelque endroit de mon
Recueil d'Epigrammes. Et apres
tout, on se peut souuenir qu'ils par-
loient en hommes qui suiuoient
aueuglement les loix de la Nature,
qui n'estoient ny éclairez des lumieres de la foy, ny échauffez du feu de
la Charité; & qu'ils faisoient profession d'vne Morale qui du moins
de ce costé là, ne se mettoit guere en
peine du bon, ou du mauuais exemple. Songeons qu'il n'en est pas ainsi
de nous, qui auons bien d'autres lu-

D ij

Catul-
lus.

Mar-
tialis.

Page
241.

mieres pendant cette vie, & qui aprés
elle en esperons encore vne autre
bien plus éclairée. Certes si l'antique Socrate estant vn iour obligé de
parler en public, & d'y rapporter fi-
delement vn discours qui n'estoit pas
fort honneste, se couurit le visage de
son manteau, n'aurons-nous point de
honte de découurir ce que nous de-
uons tenir secret, comme des parties
du corps que la bienseáce nous oblige
de cacher ? Et qui nous peut empes-
cher mesme de fermer les oreilles aux
entretiens, & aux lectures qui sont
au delà du respect & de la modestie ?
Ainsi dans vn sacré Concile, lors
qu'il fut question d'écôuter les pro-
positions de ce grand Heretique Ar-
rius, les Peres de l'Eglise se bouche-
rent aussi-tost les oreilles, pour ne se
point soüiller ny l'esprit ny le corps
d'vne si pernicieuse doctrine.

Ce n'est pas pourtant que par vne
humeur trop austere, ie veüille oster
à l'Epigramme ses saillies enjoüées,
ses traits vifs, mais ingenieux, ses in-

nocentes railleries, ny mesme ses mots
vn peu libres, puis que ce sont autant
de brillans de l'Epigramme, dont le
principal caractere est le piquant &
le gay. Mais ie veux dire qu'il en
faut bien vser ; & que la ioye mode-
rée est toufjours la meilleure, puis
qu'elle n'a pas ces soudains enleue-
mens qui changent à coup le visage,
& l'esprit des personnes, & qui les
font paroistre toutes autres qu'elles
ne font. C'est, ô mon cher Lecteur,
ce que i'ay tâché d'obseruer dans la
production de mes Epigrammes, où
ie me suis, ce me semble, assez contenu
dans les bornes de la raison & du respect, & où i'ay suiuy mesme autát que
mon sujet l'a requis, les regles estroi-
tes de la pudeur, & de la bienseance.
Apres tout, comme les préceptes
font ordinairement vn peu chagrins
& seueres, ie reconnois franchement
qu'il est toufjours bien plus aisé de
dire ce que l'on doit faire, qu'il n'est
aisé de l'executer.

21. Et voilà ce que i'auois à te dire

Epi-
gram-
mes ré-
com-
pensées.

Athenæ
Lil. Gi-
rald.
+

de la ſtructure de l'Epigramme; qui
toute ſuccincte qu'elle eſt, ou qu'elle
doit eſtre, n'eſt pas enfin vne ſi petite
production d'eſprit, qu'il ne ſe ſoit
rencontré des Princes, & des Repu-
bliques meſmes, qui en ont voulu reconnoiſtre le prix par des honneurs
eſclatans, & par des recompenſes ſo-
lides. Ainſi nous liſons que ce fameux Roy de Syracuſe Hieron, pour
reconnoiſtre en quelque ſorte vne
gentille Epigramme Grecque que le
Poëte Archimelus auoit compoſée
ſur le ſujet d'vn grand Vaiſſeau que
ce genereux Prince auoit fait conſ-
truire, recompenſa ſon Autheur d'vn
preſent de mille mines de bled qu'il
luy enuoya iuſques au Port de Pyrée,
en vn temps que la Ville de Corinthe
viuoit, ou pluſtoſt languiſſoit, dans
vne grande miſere. Ainſi nous liſons
encore que l'Empereur Vérus, qui
ſucceda à l'Empereur Adrien, dont il
fut les delices, faiſoit tant d'eſtat des
Epigrammes de Martial, à cauſe de
ſes pointes d'eſprit, qu'il l'appelloit

ordinairement ſon Virgile. Et l'Hiſtoire nous apprend, que l'Empire Romain ne feignit point de décerner au
meſme Poëte Martial, & de ſon vi-
uant encore, des honneurs publics
pour recompenſe de ſes beaux Vers.
Et il témoigne luy meſme dans ſes
Epigrammes qu'il fut par eux éleué
à la dignité de Cheualier Romain,
qu'il exerça l'Office de Preteur, &
qu'il ioüit du droict de Bourgeoiſie,
& de pluſieurs autres grands priuile-
ges. Ainſi ce iuſte diſpenſateur des
recompenſes, ce ſage Senat de Ve-
niſe, non content de rendre honneur
pour honneur, voulut reconnoiſtre
encore par vn magnifique préſent,
vne petite Epigramme de ſix Vers
que l'illuſtre Poëte Sannazar auoit
compoſée en l'honneur de cette fa-
meuſe Republique. Epigramme qui
ſe rencontre encore dans ſes œuures
Latines, & qui commence de la ſorte.

Viderat hadriacis Venetam Neptunus
  in vndis, &c.

Aprés cela, qu'on ne s'eſtonne pas ſi

ie repete icy ce que i'ay dit dans la
Préface de ma verſion des Couches
ſacrées de Sannazar, que c'eſtoit vn
rauiſſement nomparcil, & vn bonheur extréme pour les rares Eſprits,
de viure ainſi dans des temps heroïques, où les récompenſes eſtoient ſi
grandes, & les loüanges ſi extraordi-
naires.   L'honneur noûrit les Arts;
il n'y a rien qui nous excite dauantage à l'eſtude des bonnes Lettres, que
l'image de la Gloire; mais ſur tout
quand elle eſtablit ſon troſne ſur le
Parnaſſe, qu'elle y meſle ſes rayons
à la ſplendeur de nos Lauriers, &
qu'en éclairant nos Muſes, elle les
fait paroiſtre plus viues, & plus écla-
tantes.

G. COLLETET.

F I N.

www.ingramcontent.com/pod-product-compliance
Ingram Content Group UK Ltd.
Pitfield, Milton Keynes, MK11 3LW, UK
UKHW031833170726
13836UKWH00004B/1661

9 782329 435862